I0527345

Anonymous

The Royal Primer

An Leabhar-Chloinne Rioghail

Anonymous

The Royal Primer
An Leabhar-Chloinne Rioghail

ISBN/EAN: 9783337161118

Printed in Europe, USA, Canada, Australia, Japan

Cover: Foto ©Andreas Hilbeck / pixelio.de

More available books at **www.hansebooks.com**

The Royal School Series.

THE ROYAL PRIMER

AN
LEABHAR-CHLOINNE RIOGHAIL

ILLUSTRATED.

T. Nelson and Sons,

EDINBURGH, LONDON, AND NEW YORK.

AN ABIDEIL.

LITRICHEAN BEAGA.

a	b	c	d	e	f
g	h	i	l	m	n
o	p	r	s	t	u

LITRICHEAN MORA.

A	B	C	D	E	F
G	H	I	L	M	N
O	P	R	S	T	U

THE ALPHABET.

SMALL LETTERS.

a	b	c	d	e	f	g
h	i	j	k	l	m	n
o	p	q	r	s	t	u
	v	w	x	y	z	

CAPITAL LETTERS.

A	B	C	D	E	F	G
H	I	J	K	L	M	N
O	P	Q	R	S	T	U
	V	W	X	Y	Z	

cat   cearc   muc

cù   cùdainn   cuileag

[THOIR FAINEAR. —Leugh na focail do 'n leanabh; an sin thoir air an leanabh an leughadh gus am bi e min-eolach orra. Tha mearachdan gun chrìch, agus cas-ordugh ag eirigh o bhi 'dearmad na steidh simplidh, gum bu choir am focal bhi air a *leughadh* an toiseach, agus air a *litreachadh* a rìs. **NA IARR GU BRÀTH AIR LEANABH FOCAL AIR BITH A LITREACHADH GUS AN ABAIR E AN TOISEACH E GU PONGAIL.**]

LEASAN.

cù, cat, cearc, muc, cùdainn,
cuileag.

Cù agus cat.

Cearc agus cuileag.

Muc agus cùdainn.

READING-LESSONS.

cat   hen   pig

dog   tub   fly

[NOTE.—Read these words to the child; then make the child read them till it is perfectly familiar with them. Endless mistakes and confusion arise from overlooking the simple principle that the *reading* of a word should come first, and the *spelling* of it afterwards. **NEVER ASK A CHILD TO SPELL ANY WORD TILL IT HAS PRONOUNCED IT.**]

EXERCISE.

dog, cat, hen, pig, tub, fly.

A dog and a cat.

A hen and a fly.

A pig and a tub.

AN CAT AGUS AN LUCH.

Is e cat a tha an so.
Is e cat reamhar a tha ann.

———

Chì mi 'carball.
Chì mi a spògan.

———

Tha carball fada aige.
Tha spògan mìn aige.

[Teagaisg do 'n chloinn na focail a leughadh gun an litreachadh idir.   Bu chòir *litreachadh* bhi 'n a leasan eadar-dhealaichte o *leughadh*.   Faodaidh leasan litreachaidh bhi air a thoirt na h-uile là dhe na focail aig toiseach gach leasain.   Thugadh a' chlann sìos na focail a chanas am maighistir, air neo tarruingeadh iad air an sgliata na focail a chomharraichear dhoibh.]

LEASAN.

cat . . . cat.	long . . . . fad'-a.
fat. . . . reamh'-ar.	paws . . . spòg'-an.
tail . . . ear'-ball.	soft . . . . mìn, bog.

THE CAT AND THE MOUSE.

This is a cat.
It is a fat cat.

———

I can see its tail.
I can see its paws.

———

It has a long tail.
It has soft paws.

[Teach the children to read the words at sight without spelling them. Spelling should be a separate exercise. An *oral* lesson in spelling, or a *slate exercise*, may be given each day from the Word Exercises at the head of each new lesson.]

Tha an cat a' faicinn lucha.
Ruith, a lucha, ruith!

Mur ruith thu,
glacaidh an cat thu.

Is i so an luch:
cha do ghlac an cat i.

[Mu 'n d' theid thu air d' aghairt gus an ath dhuilleig, thoir
air a' chloinn na h-earrannan so a leughadh ann an òrdugh eile.
Mar eisimpleir:—"Is e cat a tha an so;" "Tha earball fada
aige;" "Chì mi 'earball;" agus mar sin air aghart.   Faodar
ceistean a dheanamh dhe 'n chuid 's mò dhe na sreathan le
bhi 'g atharrachadh òrdugh nam focal, agus a bhi 'g an comh-
arrachadh a mach air a' chlàr-sgriobhaidh air a' bhalla; mar
so:—"An e cat a tha an so?" Freagairt—"Is e cat a tha an
so." "Am bheil earball fada aige?" Freagairt—"Tha earball
fada aige," &c.]

LEASAN.

see . . . . faic.	run . . . . ruith.
mouse . . . . luch.	catch . . glac, beir.

The cat sees a mouse.
Run, mouse, run!

If you do not run,
the cat will catch you.

This is the mouse:
the cat did not catch it.

[Before proceeding to the next page, make the children read
the above sentences in a different order. For example—"This
is a cat;" "It has a long tail;" "I can see its tail;" and so
on. Most of the lines may also be turned into questions, by
simply transposing the words, and pointing to them on the Wall-
sheets in the following order:—"Is this a cat?" *Answer*—
"This is a cat." "Has it a long tail?" *Answer*—"It has a
long tail," &c.]

1.

Am bheil thu 'faicinn a' chait? Tha mi 'g a fhaicinn. 'S e cat reamhar a tha ann. Tha spògan mìn aige.

2.

Is e so 'earball. Is e earball fada 'tha ann. Is urrainn mi 'earball a ghlacadh. Is urrainn an cat 'earball a ghlacadh.

3.

Am bheil thu 'faicinn na lucha? Tha mi 'g a faicinn. Am bheil earball aig an luch? Tha earball fada aice. Is e so a h-earball.

4.

A chait! am bheil thu 'faicinn na lucha? Tha 'n cat a' faicinn na lucha. Ruith, a lucha, ruith! tha an cat 'g a d'fhaicinn. Glacaidh an cat thu ma 's urrainn e: ruith, ruith, ruith!

1.

Do you see the cat? I can see it. It is a fat cat. It has soft paws.

———

2.

This is its tail. It is a long tail. I can catch its tail. The cat can catch its tail.

———

3.

Do you see the mouse? I see it. Has the mouse a tail? It has a long tail. This is its tail.

———

4.

Cat! do you see the mouse? The cat sees the mouse. Run, mouse, run! the cat sees you. The cat will catch you if it can: run, run, run!

5.

A lucha! am bheil thu 'faicinn a' chait? Tha an luch a' faicinn a' chait. A chait! tha 'n luch 'g a d'fhaicinn. Ruith, a chait, ruith! Glac an luch ma 's urrainn dhuit.

6.

An do ruith an luch? Ruith an luch. Is i so an luch. An do ghlac an cat i? Cha do ghlac an cat i.

7.

An urrainn thu an cat a ghlacadh? Is e so e. Glac e ma 's urrainn dhuit. Ruith, a chait, ruith! An do ruith an cat? Ruith e. Cha do ghlac mi e.

[Cha-n 'eil focal anns na h-earrannaibh air an dà thaobh-dhuilleig so, ach na focail a bha anns na leasanan air thoiseach.]

5.

Mouse! do you see the cat?
The mouse sees the cat. Cat!
the mouse sees you. Run,
cat, run! Catch the mouse
if you can.

6.

Did the mouse run? The
mouse did run. This is the
mouse. Did the cat catch it?
The cat did not catch it.

7.

Can you catch the cat?
This is it. Catch it if you
can. Run, cat, run! Did the
cat run? It did run. I did
not catch it.

[The sentences in these two pages consist of the same words
as the previous lesson, and *no others.*]

TÒMAS AGUS A CHÙ.

Am faic thu an cù ud?
'S e cù Thòmais a th' ann.

Tha Tòmas caoimhneil dha,
agus tha gràdh aig a' chù
do Thòmas.

Cluichidh e maille ris,
agus nì e an ni a dh' iarras
e air.

LEASAN.

dog . . . . . . cù.
kind . . . . . caoimh'-neil.
love . . . . . . gràdh'-aich (gràdh).
with . . . . . maille ri (ris), le, leis.
bid . . . . iarr.
him . . . . . . e, es'-an.

TOM AND HIS DOG.

Do you see that dog?
It is Tom's dog.

Tom is kind to it,
and the dog loves Tom.

It will play with him,
and do what he bids it.

Tha Tòmas aig a' pholl :
tha e 'tilgeal a mhaide ann.

Falbh, a choin, thoir a mach e.
Tha 'n cù a' snàmh a steach
air a shon.

So e leis a' mhaide :
nach maith a shnàmhas e !

[Tha 'n leasan so mu dheighinn a' choin, agus na leasanan a
leanas mu dheighinn na caorach, na circe, agus nid an eòin, &c.,
a toirt air aghart a chuid 's a chuid focalan ùra fa chomhair an
sgoileir—beagan còmhluath.]

LEASAN.

pond........ poll.
throw....... tilg.
stick........ maid'-e. *bata*
swim .... snàmh.
how........ cia, cia'-mar, cionn'-us.
well........ gu maith.
will throw .. tilg'-idh.
will play.... cluich'-idh.

Tom is at the pond:
he throws in his stick.

Go, dog, bring it out.
The dog swims in for it.

Here he is with the stick:
how well he swims!

[This lesson on the *dog*, and the subsequent lessons on the *sheep*, the *hen*, the *bird's nest*, &c., gradually introduce new words to the pupil—a few at a time.]

2

[Cha-n 'eil focal 'an so ach na focail a bha anns na leasanan air thoiseach.]

1.

Is e so cù Thòmais. Ma chì e Tòmas, ruithidh e thuige. Ruith, a choin, agus beir air Tòmas. Cluichidh Tòmas leis a' chù. Cluichidh an cù le Tòmas.

2.

Is e so maide Thòmais. Am bheil thu 'g a fhaicinn, a choin mhaith? Tha 'n cù 'g a fhaicinn. Tha Tòmas 'g a thilgeal anns a' pholl. Falbh, a choin, agus thoir an so am maide. Tha an cù a' snàmh gus a ghlacadh. Bheir e mach e gu Tòmas.

3.

Tha an cù a' faicinn a' chait. Ruith, a chait, ruith! Mur ruith thu, glacaidh an cù thu. Ruithidh an cat. Ruithidh an cù. Cha bheir e air a' chat.

[The words of the previous lessons, and no others, are here worked up into new sentences.]

1.

This is Tom's dog. If it sees Tom, it will run to him. Run, dog, and catch Tom. Tom will play with the dog. The dog will play with Tom.

2.

This is Tom's stick. Do you see it, good dog? The dog sees it. Tom throws it in the pond. Go, dog, and bring the stick. The dog swims to catch it. He will bring it out to Tom.

3.

The dog sees the cat. Run, cat, run! If you do not run, the dog will catch you. The cat will run. The dog will run. It will not catch the cat.

4.

Am bheil thu 'faicinn a' mhaide so? Glacaidh an cù e, agus cluichidh e leis. Ma thilgeas Tòmas e, ruithidh an cù agus bheir e thuig' e.

5.

Tha 'n luch anns a' pholl. Falbh, a chait, agus thoir a mach i. Cha-n fhalbh an cat. Tha 'n luch a' snàmh. Seall! tha i mach as a' pholl. Tha 'n cat 'g a faicinn. Ruith, a lucha, ruith!

6.

Tha 'n cat ri cluicheadh. Tha maide Thòmais aige. A chait! na bì ri cluicheadh leis a' mhaide. Ma chì an cù thu, ruithidh tu. Ruith, a chait; tha 'n cù 'g a d'fhaicinn!

4.

Do you see this stick? The dog will catch it, and play with it. If Tom throws it, the dog will run and bring it to him.

5.

The mouse is in the pond. Go, cat, and bring it out. The cat will not go. The mouse swims. See! it is out of the pond! The cat sees it. Run, mouse, run!

6.

The cat is at play. It has Tom's stick. Cat! do not play with the stick. If the dog sees you, you will run. Run, cat; the dog sees you!

A' CHAORA AGUS AN T-UAN.

Is e caora 'tha an so:
ithidh i am feur gorm.

Tha éideadh blàth aice
de chlòimh mhìn, mhìn.

Là-eigin, a chaora mhaith,
feumaidh sinn a ghearradh
dhìot.

LEASAN.

sheep .. caor'-a.	green . gorm (uain'-e).
eat..... ith.	coat .. còt'-a, éid'-eadh.
grass... feur.	wool.. clòimh.

THE SHEEP AND THE LAMB.

This is a sheep:
it eats the green grass.

It has a warm coat
of soft, soft wool.

Some day, good sheep,
we must cut it off.

Seallamh caora òg :
goirear uan dhith.

Tha a h-éideadh mìn clòimhe
cho geal ri sneachd.

Thig do m' ionnsuidh, uain ghil,
agus ith as mo làimh.

Cha d' thig an t-uan :
tha e ruith chum na caorach.

LEASAN.

young...òg.	white.....geal.
lamb....uan.	hand.....làmh.
snow....sneachd.	come.....thig.
will run. ruith'-idh.	will catch. glac'-aidh.

Here is a young sheep:
it is called a lamb.

Its soft coat of wool
is as white as snow.

Come to me, white lamb,
and eat from my hand.

The lamb will not come:
it runs to the sheep.

1.

Thig, a Thòmais, thig agus faic an t-uan òg. Na toir leat an cù.

2.

So an t-uan, air an fheur. Ruith, agus faic am beir thu air. Ruith, a Thòmais, ruith! Seall! ruith an t-uan thun na caorach.

3.

Am faic thu an t-éideadh mìn clòimhe aige? Tha e cho geal ri sneachd. Trobhad, uain shneachd-ghil, agus bi ri mire air an fheur mhìn ghorm.

4.

O Thòmais! tha 'n t-uan anns a' pholl! Seall! sud e. Seallamh maide fada. Beir air a' chlòimh mhìn leis a' mhaide agus thoir a mach an t-uan. Tha e mach!

1.

Come, Tom, come, and see
the young lamb. Do not
bring the dog.

2.

Here is the lamb, on the
grass. Run, and see if you
can catch it. Run, Tom, run!
See! the lamb has run to the
sheep.

3.

Do you see its soft coat
of wool? It is white as
snow. Come, snow-white lamb,
and play on the soft green
grass.

4.

O Tom! the lamb is in the
pond! See! there it is. Here
is a long stick. Catch the
soft wool with the stick, and
bring the lamb out. It is out!

5.

Thoir a mach an cat chum an fheòir, agus dean cluich leis. Ruithidh e air an fheur. Trobhad, a chait; trobhad a mach chum an fheòir mhìn ghuirm.

6.

Is urrainn an cat 'earball a ghlacadh. Seall mar a ruitheas e gu a ghlacadh. Tha spògan mìn aig a' chat. Glacaidh a spògan mìn 'earball fada.

7.

Cha-n fhaod cù Thòmais ruith an déigh a' chait. Beiridh e air ma 's urrainn e. A choin! ma ruitheas tu an déigh a' chait, ruithidh mise a' d dhéigh-se le maide. Ma chì thu am maide ruithidh tu air falbh uam.

5.

Bring the cat out to the grass, and play with it. It will run on the grass. Come, cat; come out to the soft green grass.

6.

The cat can catch its tail. See how it will run to catch it. The cat has soft paws. Its soft paws will catch its long tail.

7.

Tom's dog must not run at the cat. It will catch it if it can. Dog! if you run at the cat, I will run at you with a stick. If you see the stick, you will run from me.

A' CHEARC AGUS A H-ISEANAN.

Is e cearc a tha an so :
is iad so a h-iseanan.

Tha mi 'faicinn aon, a dhà, tri.
A' chearc! gairm air ais iad.

Seall mar a ruitheas iad
'n uair a ghairmeas i orra.

LEASAN.

hen..... cearc.	one........ aon.
chicks .. is'-ean-an.	two .... a dhà.
see ..... faic.	three ...... tri.

THE HEN AND ITS CHICKS.

This is a hen:
these are her chicks.

I see one, two, three.
Hen! call them back.

Look how they run
when she calls them!

Tha a' chearc toirt uibhean
dhuinn :
scallamaid air son uibh.

Scallamh aon anns a' chonn-
laich :
nach e tha ùr !

Rug a' chearc bhàn e :
cha-n 'eil iscanan aice.

Cha d' thoir sinn leinn e
gus am beir i tuilleadh.

LEASAN.

| eggs. . . . ubh'-ean. | fresh . . . . ùr. |
| straw . . conn'-lach. | give . . . . . tabh'-air. |

The hen gives us eggs:
let us look for an egg.

———

Here is one in the straw:
how fresh it is!

———

The white hen laid it:
she has no chicks.

———

We shall not take it
till she lays some more.

3

1.

Tha aig Tòmas ri dhol air son uibhean. Tiugainn agus faiceamaid a' chaora agus a h-uan òg. Tha iad a muigh air an fheur. Thig Tòmas 'n uair a bhitheas na h-uibhean aige. Bheir e an cù leis agus chì sinn e 'n uair a bhitheas e 'snàmh anns a' pholl.

2.

Tha sinn an so air an fheur mhìn ghorm. Thainig Tòmas air ais. An d' thug thu na h-uibhean leat, a Thòmais? Thug, so iad; aon, a dhà, tri: aon dhuitse, aon do Thòmas, aon dhòmhsa. Bheir sinn leinn iad. Tha Tòmas ag itheadh dà ubh 's an là. Tha thu 'faicinn cho reamhar 's a tha e.

1.

Tom has to go for eggs.
Let us go and see the sheep
and its young lamb. They
are out on the grass. Tom
will come when he has the
eggs. He will bring the dog
with him, and we shall see it
when it swims in the pond.

2.

Here we are on the soft
green grass. Tom has come
back. Did you bring the eggs,
Tom? Here they are; one,
two, three: one for you, one
for Tom, one for me. We shall
take them with us. Tom eats
two eggs a day. You see how
fat he is.

3.

Seall, a Thòmais! Am faca tu an cat a' ruith gu beirsinn air na h-iseanan? Ruith air d' ais; ma bheireas an cat orra, ithidh e iad. Ruith, a Thòmais; agus cluichidh sinne leis a' chù gus an d' thig thu air d' ais.

4.

Tha Tòmas air falbh gu beirsinn air a' chat. Is e so an còta ùr aige. Nach e tha blàth! Is e clòimh mhìn a th' ann, air a gearradh o dhruim caorach.

5.

Seall! Thàinig Tòmas air ais. Ghearr e maide ùr dhòmhsa. Tha e aige 'na làimh. Nach caoimhneil e! Tapadh leat, a Thòmais. Tiug-ainn a nis. Theid sinn a dh' ionnsuidh a' phuill gus am faic sinn an cù a' snàmh.

3.

Look, Tom! Did you see the cat run to catch the chicks? Do run back; if the cat catch them, it will eat them. Run, Tom; and we shall play with the dog till you come back.

4.

Tom is off to catch the cat. This is his new coat. How warm it is! It is of soft wool, cut from the back of a sheep.

5.

See! Tom has come back. He has cut a new stick for me. He has it in his hand. How kind he is! Thank you, Tom. Come, now, let us go. We shall go to the pond to see the dog swim.

AN T-EUN AGUS A NEAD.

Is e nead còin a tha an so.
Am faod mi scalltuinn a stigh
    ann?   Faodaidh.

Tha mi 'faicinn tri uibhean ann,
ach cha-n 'eil iscanan ann
    fhathasd.

C'aìt' am bheil an t-eun?
Bithidh i air ais a dh' aith-
    ghearr.

```
LEASAN.
                    ————
bird........ eun.
nest........ nead.
look........ seall.
yet......... fath'-asd, fhath'-asd.
but......... ach.
soon....... a dh' aith'-ghearr.
```

THE BIRD AND ITS NEST.

This is a bird's nest.
May I look in?   Yes.

————

I see three eggs in it,
but no young ones yet.

————

Where is the bird?
It will soon be back.

Seall, sud i 'tighinn!
Tha i ag itealaich air ais gu
a nead.

Nis tha i anns an nead,
agus tha i ag gur air na
h-uibhean.

Tha a céile air a' chraoibh,
tha e 'seinn òrain bhinn.

Bithidh eòin òga anns an nead
a dh' aithghearr.

LEASAN.

come	thig, trobh'-ad.
mate	céil'-e.
tree	craobh.
sing	seinn.
song	òr'-an, luinn'-eag, ceòl.
birds	eòin.
let us go	rach'-am-aid.
let us see	faic'-eam-aid.

See, there it comes!
It flies back to its nest.

Now it is in the nest,
and it sits on the eggs.

Its mate is on the tree.
He sings a sweet song.

There will soon be
young birds in the nest.

1.

Is i so a' chraobh anns am bheil a nead aig an eun. Seall-amaid ann a nis. Is e so e. Chi mi tri iseanan ann—aon, a dhà, tri. Nach iad 'tha mìn agus blàth! Faodaidh sinn sealltuinn orra, ach cha-n fhaod sinn an toirt a mach.

2.

Seallamh a' mhàthair-isein. Tha i 'g ar faicinn. Rachamaid air ais agus faiceamaid ciod a nì i. Seall! tha i ag itealaich chum a nid. Tha gràdh aice d' a h-iseanan. Sud a céile. Tha e shuas air a' chraoibh. Is toil leis bhi 'seinn 'n uair 'bhitheas a' mhathair-isein anns an nead le h-àl. Nach binn an ceòl aige!

1.

This is the tree where the bird has its nest. Let us look in it now. Here it is. I can see three young ones in it— one, two, three. How soft and warm they are! We may look at them, but we must not take them out.

2.

Here is the hen bird. She sees us. Let us go back, and see what she will do. See! she flies to the nest! She loves her young ones. There is her mate. He is up on the tree. He loves to sing when the hen bird is in the nest with her young. How sweet his song is!

3.

Nis rachamaid air ais chum an fheòir mhìn ghuirm aig a' pholl. Seall! sud a' chaora leis an eun air a druim! Bheir an t-eun leis ròineagan de chlòimh mhìn na caorach air son a nid. Seall! tha e air falbh le feadhainn; agus a nis tha e ag itealaich air ais chum a nid.

4.

Tha gràdh aig a' chaoire d'a h-uan, agus tha gràdh aig an uan dhòmhsa. Bheir a' chearc dhuinn uibhean—aon, a dhà, tri. Tha 'n t-eun a' seinn luinneag, 'n a shuidhe air a' chraoibh. Tha gràdh aig Dia do 'n eun a tha 'seinn air a' chraoibh. Tha gràdh aig Dia do 'n uan, agus tha gràdh aig Dia dhòmhsa.

3.

Now let us go back to the soft green grass at the pond. See! there is the sheep with the bird on its back! The bird will take some of the soft wool of the sheep for its nest. See! it is off with some; and now it flies back to its nest.

4.

The sheep loves its lamb, and the lamb loves me. The hen gives us eggs—one, two, three. The bird sings a song, as it sits on the tree. God loves the bird that sings on the tree. God loves the lamb, and God loves me.

A' BHÒ AIR AN FHEUR.

Is e bò a tha an so :
tha i muigh air an fheur.

Bha e ag uisge,
agus tha am feur gorm.

Tha Dia a' cur a nuas an uisge :
tha e 'toirt air an fheur fàs.

LEASAN.

cow	bò, mart.	green .	gorm (uain'-e).
grass	feur.	God ..	Dia.
rain	uisg'-e.	send..	cuir.

THE COW ON THE GRASS.

This is a cow:
it is out on the grass.

There has been rain,
and the grass is green.

God sends the rain:
it makes the grass grow.

Tha a' bhò ag itheadh an fheòir:
is e feur a biadh.

Tha a' bhò a' toirt bainne
dhuinn.
Tapadh leat, a dheadh bhoin.

Seallamh mart òg:
goirear laogh dheth.

Tha e air teachd chum a' phuill
leis a' bhoin, gu òl.

LEASAN.

food	biadh.	calf.	laogh.
milk	bainn'-e.	come	thig.
good	maith.	drink	òl (deoch).
will grow	fàs'-aidh.	will eat	ith'-idh.

The cow eats the grass:
the grass is its food.

The cow gives us milk.
Thank you, good cow.

Here is a young cow:
it is called a calf.

It has come to the pond
with the cow, to drink.

1.

Dh'fhalbh an t-uisge. Tiug-
ainn a mach. Nach gorm tha
am feur a' scalltuinn! C'àit' am
bheil an t-uan? Seall! ruith
e chum na caorach gu òl. Is e
bainne na caorach a bhiadh.
Là-eigin fàsaidh an t-uan gu
bhi 'n a chaora, agus ithidh e
feur.

2.

Am bheil thu 'faicinn cù
Thòmais 'beirsinn air earball na
bà? Ma chì Tòmas thu, a
choin, bheir e ort ruith. Sud
Tòmas. Tha e 'ruith an déigh
a' choin le a mhaide fada. Tha
Tòmas a' tilgeal a mhaide an
déigh a' choin. Tha am maide
toirt air a' chù ruith.

1.

The rain is off. Let us go out.
How green the grass looks!
Where is the lamb? See! it
has run to the sheep to drink.
The milk of the sheep is its
food. Some day the lamb will
grow to be a sheep, and it
will eat grass.

2.

Do you see Tom's dog catch
the tail of the cow? If Tom
sees you, dog, he will make
you run. There is Tom. He
runs at the dog with his long
stick. Tom throws his stick
at the dog. The stick makes
the dog run.

WORD-LESSONS.

LESSON 1.

at	r-at	an	r-an
c-at	s-at	c-an	and
f-at	th-at	m-an	h-and

A cat.   A rat.   A man.   A hand.

LESSON 2.

-ad	-ag	am	as
b-ad	b-ag	l-amb	h-as
l-ad	r-ag	sh-all	h-ave

A lad.   A bag.   A lamb.   I shall.

LESSON 3.

-ar	t-ar	-ap	ass
b-ar	st-ar	c-ap	l-ass
f-ar	are	l-ap	gr-ass

A bar.   A star.   A cap.   An ass.

LESSON 4.

-ed	l-ed	-et	y-et
b-ed	N-ed	g-et	y-es
f-ed	r-ed	l-et	fr-esh

A bed.   Ned.   Red.   Yes.

LESSON 5.

-en	m-en	h-en	end
B-en	p-en	th-en	b-end
d-en	t-en	wh-en	s-end

A den. Ben. A hen. An end.

LESSON 6.

-em	b-eg	-est	ell
h-em	l-eg	b-est	t-ell
th-em	egg	n-est	w-ell

A hem. An egg. A nest. A well.

LESSON 7.

be	we	b-ee	b-een
me	she	s-ee	gr-een
he	the	tr-ee	sw-eet
here	these	thr-ee	sh-eep

We see. A tree. A sheep. Three.

LESSON 8.

is	if	its	th-is
h-is	it	s-its	w-ith

This. His. With. Its.

LESSON 9.

-id	k-id	in	-im
b-id	l-id	p-in	h-im
d-id	h-id	t-in	sw-im

A kid.   A lid.   A pin.   Tin.

LESSON 10.

of	or	g-ot	on
off	f-or	n-ot	ox
s-oft	n-or	G-od	b-ox

A box.   An ox.   Soft.   God.

LESSON 11.

-og	-om	-op	t-op
d-og	T-om	h-op	st-op
fr-og	fr-om	m-op	sh-op

A dog.   A frog.   A mop.   A top.

LESSON 12.

us	-un	-ub	b-ut
up	r-un	r-ub	c-ut
c-up	s-un	t-ub	m-ust

A cup.   A tub.   The sun.

LESSON 13.

ill	m-ill	-ick	-ing
h-ill	t-ill	ch-ick	s-ing
f-ill	w-ill	st-ick	br-ing

A hill. A mill. A stick. A wing.

LESSON 14.

-ilk	ink	w-ink	i short e silent
m-ilk	l-ink	dr-ink	g-ive
s-ilk	p-ink	th-ink	l-ive

Milk. Silk. A drink. A link.

LESSON 15.

-ong	-ond	o like ŭ	o like ŭ
l-ong	f-ond	c-ome	l-ove
s-ong	p-ond	s-ome	gl-ove

A song. A pond. Some. A glove.

LESSON 16.

-ood	-ook	m-oon	to
f-ood	b-ook	s-oon	do
g-ood	l-ook	w-ool	too

A book. The moon. A stool. Wool.

LESSON 17.

so	-ow	sn-ow	-oat
go	s-ow	gr-ow	c-oat
no	r-ow	thr-ow	b-oat

Snow. A boat. A coat. More.

LESSON 18.

-ow	h-ow	-ouse	out
c-ow	n-ow	h-ouse	st-out
s-ow	b-ow	m-ouse	tr-out

A cow. A sow. A mouse. A trout.

LESSON 19.

my	-ind	-ite	-ine
fl-y	f-ind	k-ite	m-ine
sk-y	k-ind	wh-ite	w-ine

A fly. A kite. Wine. The sky.

LESSON 20.

all	c-all	-aw	j-aw
b-all	h-all	p-aw	str-aw

A ball. A hall. A paw. Straw.

LESSON 21.

c-alf	b-ack	c-atch	th-ank
h-alf	J-ack	l-atch	b-ank

A calf. Jack. A latch. A bank.

LESSON 22.

-ake	l-ake	-ade	-ate
b-ake	m-ake	f-ade	g-ate
c-ake	t-ake	m-ade	m-ate

A cake. A lake. A gate. A mate.

LESSON 23.

ail	h-ail	aid	-ain
t-ail	p-ail	l-aid	p-ain
n-ail	s-ail	m-aid	r-ain

A tail. A nail. A maid. A pain.

LESSON 24.

b-ird	h-er	one	th-ey
th-ird	h-erd	young	th-ere

A bird. One. There. Where?

LESSON 25.

eat	b-eat	-ew	y-ew
m-eat	n-eat	f-ew	y-ou
s-eat	h-eat	n-ew	two

New meat. Two seats.

LESSON 26.

-ay	m-ay	l-ay	w-arm
d-ay	s-ay	pl-ay	wh-at

A day. May. Play. What?

(Continued in next Book.)

LEASANAN-FHOCAL.

LEASAN 1.

c-at	c-earc	cuil'-eag	cùd'-ainn
sl-at	d-earc	cail'-eag	rogh'-ainn
br-at	t-earc	luinn'-eag	bochd'-ainn
cat	*dearc*	*caileag*	*roghainn*

LEASAN 2.

reamh'-ar	spòg'-an	m-ìn	aig'-e
gabh'-ar	cròg'-an	s-ìn	r-aig'-e
fàg'-ar	bròg'-an	l-ìn	l-aig'-e
gabhar	*brògan*	*sìn*	*laige*

LEASAN 3.

faic'-inn	gl-ac	r-uith	m-ur
tuigs'-inn	st-ac	gr-uith	c-ur
tigh'-inn	m-ac	sr-uith	g-ur
faicinn	*mac*	*ruith*	*cur*

LEASAN 4.

urr'-ainn	ait	ann	bh-eil
fear'-ainn	ch-ait	f-ann	c-eil
ghearr'-ainn	sl-ait	l-ann	m-eil
fearainn	*chait*	*lann*	*ceil*

LEASAN 5.

dh-uit	m-i	th-a	s-o
cr-uit	ch-i	bh-a	r-o
th-uit	cl-i	dh-a	m-o

cruit   chi   bha   mo

LEASAN 6.

caoimh'-neil	àdh	m-aill'-e	cluich'-idh
dui'-neil	gr-àdh	s-aill'-e	bruich'-idh
mui'-neil	cr-àdh	c-aill'-e	fliuch'-idh

duineil   gràdh   caille   bruichidh

LEASAN 7.

l-òn	sn-àmh	st-each	m-aide
r-òn	r-àmh	n-each	fh-aide
sr-òn	l-àmh	cr-each	st-aide

sròn   làmh   creach   maide

LEASAN 8.

b-eir	Tòm'-as	m-ach	mh-aith
th-eir	urr'-as	r-ach	m-aith
sg-eir	iarr'-as	g-ach	c-aith

sgeir   urras   gach   caith

LEASAN 9.

s-eall	l-eis	th-uig	f-albh
g-eall	d-eis	r-uig	dh'fh-albh
m-eall	gr-eis	t-uig	b-albh
geall	*greis*	*tuig*	*balbh*

LEASAN 10.

c-aora	uan	f-eur	bl-àth
s-aora	b-uan	g-eur	b-àth
d-aora	c-uan	m-eur	tr-àth
caora	*cuan*	*meur*	*bàth*

LEASAN 11.

f-eum'-aidh	gh-carr'-adh	s-inn	ith'-idh
l-eum'-aidh	earr'-adh	b-inn	cr-ith'-idh
b-eum'-aidh	b-earr'-adh	t-inn	ru-ith'-idh
leumaidh	*earradh*	*binn*	*ruithidh*

LEASAN 12.

òg	dh-ith	gh-il	l-àimh
p-òg	b-ith	bh-il	d-àimh
sp-òg	cr-ith	sh-il	t-àimh
spòg	*crith*	*ghil*	*làimh*

LEASAN 13.

th-ig	fh-eur	g-eal	uain
bh-ig	mh-eur	m-eal	sm-uain
sm-ig	ph-eur	s-cal	d-uain

bhig   fheur   meal   smuain

LEASAN 14.

fh-eòir	fh-aod	uam	gh-uirm
m-eòir	t-aod	f-uaim	c-uirm
d-eòir	sl-aod	gr-uaim	f-uirm

meòir   taod   fuaim   cuirm

LEASAN 15.

g-airm	is'-ean-an	· ais	m-ar
airm	cìr'-ean-an	t-ais	f-ar
b-airm	fìr'-ean-an	br-ais	th-ar

gairm   iseanan   tais   mar

LEASAN 16.

dh-uinn	bh-àn	aon	l-einn
t-uinn	r-àn	cl-aon	s-einn
b-uinn	d-àn	br-aon	b-einn

tuinn   ràn   claon   beinn

LEASAN 17.

uair	faic'-eam-aid	dh-ol	d-à
fh-uair	rach'-am-aid	d-ol	l-à
b-uair	scall'-am-aid	m-ol	b-à

uair   seallamaid   mol   bà

LEASAN 18.

caor'-ach	ùr	tap'-adh	th-éid
maor'-ach	t-ùr	cog'-adh	s-éid
saor'-ach	d-ùr	bual'-adh	br-éid

caorach   tùr   cogadh   théid

LEASAN 19.

n-cad	eðin	scallt'-uinn	faod'-aidh
f-ead	d-eðin	geallt'-uinn	crom'-aidh
scr-ead	l-eðin	mealt'-uinn	cog'-aidh

nead   deðin   sealltuinn   cogaidh

LEASAN 20.

tigh'-inn	it'-eal-aich	bh-inn	chr-aoibh
pillt'-inn	beann'-aich	ghr-inn	t-aoibh
saoils'-inn	cron'-aich	l-inn	s-aoibh

tighinn   cronaich   linn   taoibh

LEASAN 21.

àl	chr-aobh	sh-uas	t-oil
c-àl	s-aobh	cl-uas	sg-oil
s-àl	t-aobh	s-uas	b-oil
sàl	*chraobh*	*cluas*	*sgoil*

LEASAN 22.

luinn'-eig	sh-uidhe	Dia	dr-uim
cail'-eig	s-uidhe	ci-all	dhr-uim
cuil'-eig	g-uidhe	tri-all	l-uim
luinneig	*suidhe*	*ciall*	*druim*

LEASAN 23.

b-ò	f-às	f-eur	bh-a
cr-ò	c-às	g-eur	th-a
bh-ò	b-às	sp-eur	ch-a
crò	*fàs*	*speur*	*bha*

LEASAN 24.

b-iadh	t-eachd	scall'-amh	goir'-ear
f-iadh	b-eachd	geall'-amh	faic'-ear
r-iadh	f-eachd	meall'-amh	buail'-ear
fiadh	*beachd*	*seallamh*	*goirear*

LEASAN 25.

fàs'-aidh	éigh	ort	faic'-inn
fan'-aidh	d-éigh	g-ort	tigh'-inn
lean'-aidh	l-éigh	m-ort	beirs'-inn
fàsaidh	*déigh*	*gort*	*faicinn*

LEASAN 26.

ua-n	beu-m	bia-dh	buai-n
dua-l	geu-r	ia-rr	cluai-s
fua-r	leu-s	mia-nn	duai-s
fuar	*geur*	*miann*	*cluais*

LEASAN 27.

mao-r	baist'-e	iùl	ðig
rao-n	brist'-e	c-iùrr	d-ðigh
crao-s	glaist'-e	d-iùlt	sl-ðigh
craos	*baiste*	*iùl*	*slòigh*

LEASAN 28.

gr-àin	b-eann	b-onn	l-earg
l-àir	m-eall	p-oll	l-easg
s-àil	s-eall	s̩-onn	cr-eag
gràin	*seall*	*sonn*	*creag*

www.ingramcontent.com/pod-product-compliance
Lightning Source LLC
Chambersburg PA
CBHW031245260626
47169CB00007B/2454